KB056137

하나가 빠졌습니다

이은기
1973년 경상북도 성주에서 태어났다.
2018년 『영남일보』를 통해 시인으로 등단했다.
시집 『하나가 빠졌습니다』를 썼다.

파란시선 0108 하나가 빠졌습니다

1판 1쇄 펴낸날 2022년 9월 30일
지은이 이은기
디자인 최선영
인쇄인 (주)두경 정지오
펴낸이 채상우
펴낸곳 (주)함께하는출판그룹파란
등록번호 제2015-000068호
등록일자 2015년 9월 15일
주소 (10387) 경기도 고양시 일산서구 중앙로 1455 대우시티프라자 B1 202-1호
전화 031-919-4288
팩스 031-919-4287
모바일팩스 0504-441-3439
이메일 bookparan2015@hanmail.net

ⓒ이은기, 2022, printed in Seoul, Korea

ISBN 979-11-91897-32-6 03810

값 10,000원

*이 책 내용의 전부 또는 일부를 재사용하려면 반드시 저작권자와 (주)함께하는출판
  그룹파란 양측의 동의를 받아야 합니다.
*잘못된 책은 바꾸어 드립니다.
*지은이와의 협의 하에 인지는 생략합니다.

하나가 빠졌습니다

이은기 시집

시인의 말

잘못 내린 역에서

기차를 따라 뛰는 사람 같다

멀어지는 간격을 좁히지 못한다
'

지나고 보면 지금이 가장 좋은 때지

누가 누구에게 하는 말일까

고개를 젖히고 입을 벌리면

마른 눈이 내린다

차례

시인의 말

해설

제1부

선유도 방향

안양천을 걸었다 손을 잡고 있었다 가마우지 한 마리가 물속에 서 있었다 멀리서 보면 물속에 박힌 나뭇가지 같았다 날개가 있고 부리가 있었다 보일 듯 말 듯 머리를 움직였다 살아 있었고 진짜였다 야구복을 입은 아이들이 발맞춰 달려갔다 자전거가 지나갔다 목줄을 맨 개와 나란히 걸었다 두 사람이 다가왔고 한 사람이 선유도 방향을 물었다 완만한 커브를 그리며 개가 멀어졌다 멀어지는 개의 속도로 한 사람이 따라갔다 팽팽하게 쥐고 있던 목줄이 손에서 풀리는 것 같았다 진짜 같았다

쇠난간의 촉감으로

그 집에서 가장 소중한 건
문을 통해 들어온 게 아니래 남자가 말했다
그럼 뭐래? 여자가 물었다

오늘부터 같이 기도할까

식탁을 공유하고 변기를 공유했다

그리고
그다음은
뭘 해야 좋을지 알 수 없어서

먼저 일어나더라도 절대 깨우지 말자

장마가 가고 선인장이 죽고

푸른 잎을 꺾으며 옥수수밭을 지나가는
구름이 보였다

꽃도 없고 잎도 없는

농구 경기를 보다가 어두워진 밖을 본다 꽃도 없고 잎도 없는 목련 나무가 흔들리다 말다 한다 파울을 한 선수가 심판에게 항의하다 테크니컬 파울을 받는다 감독이 작전 타임을 부른다 이제 옆 동의 베란다에선 우리 집이 환히 보일 거다 블라인드를 쳐야 한다 이다음에, 난 창문이 많은 집을 살까 봐 경기 도중에 끼어든 작전 타임처럼 네가 말한다 창문이 많은 집에선 꿈을 많이 꾼대 내가 대답한다 왜? 몰라 누가 그러더라고 창밖에는 밤이 오고 밤을 덮는 눈이 오고 화면은 상해보험 광고와 자동차 광고를 보여 준다 상조회사 광고를 지나 사막을 달리는 자동차를 한 번 더 보여 준다 너는 일어나 주방으로 간다 냉장고 문을 여닫는 소리 정수기에서 흘러나와 컵을 채우는 물소리가 들린다 바닥에 끌리는 슬리퍼 소리가 주방을 오간다 뭐해? 대답이 없다 코트에는 선수들이 몰려다니고 어두운 주방에서 너는 혼자 서성인다 고개를 돌리면 고개를 돌린 내가 비친다 블라인드를 쳐야 한다 생각은 밖에 있다 목련 나무보다 멀리 있어 보이지 않는다

유월에 당나귀는
날씨가 참 좋다는 말 같은 걸 하고

과속방지턱을 넘고 있었다
하지가 지나면 낮은 점점 짧아지는데
날씨는 왜 점점 더 더워지지?
창문에 얼굴을 대고 있던 사람이 창문에
뒤통수를 대고 물었다
전원주택 단지를 가로지르는 좁은 도로였다
이거 먹을래? 무릎에 놓이는 오렌지가
멀리 보이는 저녁 해 같았다
그나저나 당나귀가 계속 따라오는 것 같아
이제 곧 가겠지 당나귀는 당나귀니까
덜컹이는 웃음소리
웃다가 터진 기침이 이어졌다
우린 금방 당나귀를 잊을걸
오렌지 향기가 희미하게 풍겼다
그늘이 끝나자 방울 소리가 멎고
끊어진 길 앞에서 차가 잠시 서 있었다
돌아보면 당나귀를 알아볼 수 없었다
들어 본 적 없는 당나귀 울음소리가
뜨거운 콧김을 뿜는 당나귀의 얼굴이 가까이
가까운 곳에 있는 것 같아서

잊히는 줄 모르고 잊을 수 있었다

요 며칠은 내내 날씨가 좋아
좋은 일이 한 가지는 생길 것 같아

새로 돋은 풀들이 그때 그 모양으로 자라

누군가 죽었다는 말은 좁은 일방통행로에서 마주친
이삿짐 트럭 같아서

전원을 켜고 채널을 바꾸고

바람이 불어오는 반대 방향으로 고개를 돌려
포식자의 시선을 맞받으며 서성이는
사슴들

숨길 수 없는 몸을 낮추고 도사리고 도사리고 도사리는

먼일들은 때때로
아주 가까운 곳에서 솟구친다

채널을 바꾸면 세상이 바뀌고 느닷없이
쏟아지는 웃음소리가
울음소리보다 무섭게 들리고

그 말투와 그 얼굴과 그 걸음걸이가……

곧 그치겠지

비가 될 것 같은데

밖에서 돌아온 사람들이 장화에 묻은 눈을 털며
그런 말들을
툭툭

오후 두 시

1

봄에는 봄이 한창이라서 우리는 궁궐에 간다 사람들은
카메라를 들고 사람들은 얼굴을 들고 사진을 찍는다 뭐가
그리 즐거워? 묻지 않는다 깃발을 든 사람과 붉은 철릭을
입은 사람들이 온다 가짜 수염을 단 그들은 도시의 배우들
이다 진지하고 절도 있게 근무를 끝내고 근무를 시작하는
수문장을 연기한다 몰락한 왕조의 구경거리가 된 궁궐은
더 깨끗하고 아름답게 지켜져야 한다 배우들이 모두 퇴장
한 마당에서 우리는 대사 없이 걷기만 한다 주인 없는 마
당에 흙을 붓고 다지는 사람들은 누굴까

2

멀리서 그가 손을 흔든다 나도 따라 흔든다 소풍 나온
아이들은 떨어진 과자를 잽싸게 주워 먹고 손가락에 묻은
잼을 빨아 먹는다 몸을 흔들고 노래를 부른다 빨갛게 물
든 혀를 날름거리며 올리브 나무 주위를 달린다 그는 멀
리서 손만 흔들고 그를 따라 나도 손만 흔든다 올리브 잎
들이 은빛으로 반짝인다 갸름한 잎들은 새의 혀를 닮았다

죄수의 혀를 뽑는 것이 형벌이었던 때가 있었다고 한다 죄
와 혀를 바꾸어야 하는 시절을 살지 않아 다행이다 바람이
들이친다 혀에 감기는 바람을 삼킨다 그는 손만 보인다 흔
들리는 손만으로 나는 그를 알아본다

마리

—

　좀 더 이국적인 이름을 바랄 수도 있다

　브라티슬라바 비슈케크 누르술탄 트빌리시…… 몇 번 들어도
　쉽게 잊을 수 있는

　잘 모르는 나라의 도시 이름 같은 것으로 불린다면

　거위는 거위를 몰고 온다 행진곡풍의 전화벨 소리가 들리는데

　찾는 동안
　찾아지지 않는 것들은 가까운 곳에서 실마리를 놓친다

　흰 새는 꼼짝없이 물가에 서 있다

　한 마리, 두 마리
　그러나 이건 거위가 아니기 때문에

—　돌아보지 않는 새가 보이지 않을 때까지 돌아보면서

스물두 마리, 서른여섯 마리……
천변을 이동 중인 거위들을 못 보고 지나치는
보폭에 맞춰

끊어진 전화벨 소리가 다시 울릴 때까지

그러니까 애초에 이름 같은 게 무슨 상관이냐고?

바다는 보라고 있는 것

지느러미가 없는 이들이 모여 사진을 찍는다 맨발과 맨
발 숨 쉬는 자들의 흔한 웃음소리 민달팽이도 풀밭에서는
풀 냄새를 맡을까 바닥에 쓸리는 몸이 아플 때가 있을까
바다와 하늘이 벌어지지 않게 맞물려 있다 바다가 하늘을
한껏 부풀린다 빛 속에서 구름을 헤엄치게 한다 멀어지고
나서야 보이는 것들은 무겁고 투명하다 벗어 놓은 맨발이
바다를 등지고 있다

구름은 보라고 있는 것

　구름은 보라고 있는 것 빈 곳에서 엇갈리고 마주치지 않는 것 눈여겨본 적 없는 액자 속 그림처럼 구름 한 덩이 걸려 있다 낮은 어둡고 밤은 밝아서 보이는 곳에서 더 잘 보이는 곳으로 구름은 번지고 베란다 화분 속에 죽은 엄마가 꽃인 양 앉아 있다 아닌 줄 알면서 아니라고 하지 않고 나는 물을 준다 뿌리가 썩고 줄기가 무르도록 매일 물을 준다 보란 듯 보았다는 듯 구름이 온다 기울어진 꽃대가 구름을 본다

가방의 미래

다른 곳을 보다가 오기로 한 사람을 생각하다가 건너편
탁자의 가방을 본다 반쯤 열린 가방에 든 건 시간이 맞춰
진 폭탄이 아니다 잘린 손목도 아니다 가방은 자리를 지
키고 나는 가방을 지킨다 할 일이 없어서 지키기로 한다
성경을 든 사람들이 계산대 앞에 서서 큰 소리로 메뉴판
을 읽는다 말소리에 말소리가 얹히고 긴 주문이 이어진다
눈을 감고 엎드려 빈집을 지키는 늙은 개처럼 가방은 놓
여 있다 완전히 열리지는 않기로 한다 다물 수 없는 입처
럼 닫히지도 않는다 젖은 손을 문지르며 한 사람이 다가
온다 가방이 벌떡 일어나 짖을 리 없다

하나를 보면 두 개를 잊는 버릇이 남아

시작은 괜찮았다 처음 와 본 길이지만 차 안은 시원하고 정체는 없었다 정원이 있고 카페가 있다는 옥상으로 가야 했다 작은 분수가 솟구치고 잎이 넓은 초록 식물들이 자라는 온실을 생각했다 지하는 옥상과 이어진다고 했다 온실은 남산에 있고 양천향교역에 있고 홍천 어디쯤에도 있었다 남산 온실에는 선인장이 많고 홍천에는 허브가 많았다 양천향교역에 있다는 온실에 같이 가기로 하고 다시 만나지 못했다 바닥에 길게 누운 화살표를 따라갔다 사람도 사람 그림자도 보이지 않았다 어, 다 왔어 주차만 하면 돼 마음이 앞섰다 손을 잡고 돌다가 노래가 멈추면 의자를 차지하려고 몸을 날리는 놀이처럼 빈자리를 찾아야 했다 사람들은 다 어디에 있을까 없는 자리를 찾아 기웃거릴 때마다 블랙박스 불빛들이 붉게 빛났다

혼잣말은 대화체로

어쩌다 욕조는 계단에 놓여 있다
'계단에서 담배를 피우지 마시오'
붉은 글씨가 적힌 종이가 벽에 붙어 있다
욕조에서 담배를 피우지 마시오!
계단에서 욕조를 피우지 마시오?
혼잣말을 대화처럼
대화를 혼잣말처럼 이어 갈 수도 있다
병원엔 갔다 왔어? 모르는 번호로
문자가 도착한다
그런데 계단에 욕조가 있어

제2부

그 한낮이 연못이라면

왔던 길을 찾지 못해 되돌아올 때

연못이 있었다 한 바퀴만 돌고 가자고 네가 말해서

그러자고 내가 대답했다 물을 가로지르는 것만 아니면

왼쪽으로든 오른쪽으로든 갈 수 있었다 물을 가로질러

반대쪽으로 갈 수도 있겠다고 생각했다 둘 중 한 사람이

걸어 들어가 연못의 깊이를 재 볼 수는 없었다

깊이는 없고 둘레만 있는 연못이었다

읽다 만 책

큰길까지 가려다가 되돌아온다 울타리도 경계도 없는 정원 까마귀도 족제비도 오지 않는다 저녁에도 정원을 지나간 사람은 없다 내가 나가고 나면 이 집도 빈집이 될 것이다 쥐 한 마리가 골목을 향해 꼬리를 구부린다 바람이 끼어든다 죽지 않는 눈밭에 벌레들이 박혀 있다 뒤집어진 벌레의 배가 드러난다 실낱같은 다리는 삐죽이 내밀어진다 죽은 벌레는 냄새를 풍기지 않는다 차가운 눈이 죽은 벌레를 죽은 채로 내버려 둔다

그림 같은 그림 속의 잔디밭에서

그늘 한 점 없는 잔디밭에 왜 우리가 앉아 있는지 조금 전엔 분명했고 지금은 기억나지 않는 이유가 있다 너는 두 손으로 햇빛을 가리고 나는 한 손으로 잔디를 뿌린다 너는 가까운 곳을 본다 빈 물병을 기울여 입술에 대본다 이제 그만 나가자고 내가 말한다 잔디밭은 액자의 프레임과 만나는 곳에서 조금 패여 있다 비어 있는 곳에서 물줄기가 솟구치고 음악이 나온다 잃어버린 아이를 찾는 방송이 두 번 반복된다

브로콜리들의 숲

브로콜리 상자를 안고 너는 돌아온다

상자 속은 작은 숲이다
우리는 서로를 숲이라고 믿는다

따뜻한 오해가 우리를 재운다
다리에 다리를 얹고
손바닥에 손바닥을 포갠 채로

눈을 뜨면 사라질

벌목꾼들의 고함 소리
나무를 자르는 전기톱 소리가 귓속을 파고든다

아득하게 자란 브로콜리들이 차례로 쓰러진다
뜨거운 물속으로
얼어붙은 눈밭 위로

지금은 겨울이고 한밤중인데

여전히 싱싱한 브로콜리들이 어쩐지 나는
마음에 걸린다 살아 있는 것 같고
밤사이 몰라보게 자랄 것 같다

그럴 리가 없는데

우리는 숲에서 잠이 든 것이다
입구가 열린 상자 속이다

회전문

—
아무 때나 내 이름을 불렀다
소리는 커졌다 금세 작아지고
동전처럼 떨어져 바닥을 굴러갔다
아무 데서나

멈춰 서서
손을 내밀었다
보이지 않는 것을 보려는 사람처럼
미간을 찡그리고

저기서 여기까지 전면 창을 낼 거야
없는 창 앞으로 모자를 눌러쓴 네가 다가온다

들어가고 싶다고 아무나 들어갈 수는 없다
반려동물 출입 금지
5세 미만 아동 출입 금지

문이 닫히기 전에

—
달리고 달리면서

문이 닫히기 전에 이미 문이 닫히기를
나는 바라고 바라는 것이 점점 자라 말을 배울 때

바라는 대로 이루어지는 건 얼마나 무서울까

몸을 밀어 넣으면 회전문이 돌아간다
기대거나 손대지 마시오

악어

넷 중 셋이 안다고 했다 그게 중요했다 계단 입구에 그림이 있었는데, 술병이었나? 사람 얼굴 같았는데? 이 골목 아니면 다음 골목이야 넷 중 둘이 휴대전화기 속 지도를 들여다보았다 그 집에 있는 악어 봤지? 진짜 같지? 진짜 아니야? 악어의 조상은 중생대 트라이아스기 말에서 쥐라기 초에 나타났다고 한다 스쿠터 한 대가 전단지를 뿌리고 갔다 트리플 역세권 상가 분양 광고였다 넷 중 넷과는 무관한 일이었다 악어는 먹이를 잡으면 물속으로 끌고 들어가 질식시킨다 중요하지 않다 자정 무렵 영하 십 도를 밑도는 길이었다 악어의 눈은 밤에 붉은색으로 빛나는데 이건 특수한 색소가 망막에 반사되어 나타나기 때문이다 몰라도 된다 이 골목 아니면 다음 골목, 그게 중요했다 넷 중 셋이 안다고 했다 믿음의 문제였다

현실적인 밤

눈빛만으로 유리가 깨지고 건물이 무너지고 이건 할리우드 영화 속 히어로의 등장이다 친구는 이민을 간다고 한다 곧 떠날 거라면서 빌려 간 책을 돌려주지 않는다 고개를 돌리고 앉아 유리창에 비치는 자기 얼굴만 본다 이게 다예요 친구는 책을 기억하지 못한다 위험은 도처에 있고 히어로는 영화 속에만 있으니까 사실만으로 사실적이 되지 않는 창밖에 눈발이 날린다 주차 딱지를 떼는 경찰과 실랑이를 벌이는 사람이 있다 꽃다발을 들고 있다 활짝 핀 꽃들이 신호수의 깃발처럼 좌우로 움직인다 망토를 두른 영웅이 날아서 길을 건넌다 해도 알아채지 못할 거다

●이게 다예요: 마르그리트 뒤라스.

봄에 들어와 나가지 못한
햇빛이 베란다에

—

죽은 빛이 그늘을 피해 다닌다
아래층 부부가 쿵쿵 울리는 발소리를 들었다고 한다
경비원이 다녀간다
바닥을 울리면서 걸어 다닌 사람은 온종일
침대에 누워 있던 나였을 것이다
아이 울음소리가 층간을 오르내린다 지구가 둥글다면
맨 처음 사람은 어떻게 태어났을까
흙을 뚫고 나온 새싹처럼?
나뭇가지 끝에 달린 열매처럼?
우주에서 떨어진 타다 만 돌멩이처럼?
(아래층 부부는 타다 만 돌멩이가 떨어지는 소리를 들
었을까)
천정에 귀를 대고 사는 사람과
바닥에 몸을 대고 사는 사람들이
직립보행을 연습 중이다
맨 처음 지구에서 눈뜬 사람과
맨 나중 지구에서 눈감을 사람은
누가 구별해 줄까

—

삼단으로 접히는 자동 우산

막연한 기분이 한곳으로 쏠려 가 그때가 바로
지금인 줄 안다

비는 이유가 없는 것처럼

횡단보도의 줄무늬들은 건너간 길을 되돌아오고

있는 것이 없기를 바라는

걸음걸이를 바꿔 길을 건너야 한다

젖은 신발
속 젖은 발가락들은 여유가 없다

지금 믿지 않는 것은 그때 이미 믿고 있었다는 것을
모른다

펼쳐진 우산이 사 차선 도로 위를 굴러다닌다
여기가 바로 거기는 아니라는 걸
몰라도 된다

국립중앙박물관 입구
항아리에 심어진 대나무 사이로 난 길에
장갑 한 짝이 떨어져

꿩을 사라고 했다
눈 그친 마당에 두 사람이 서 있었다

안 산다고
먹을 수 없다고 했다

그건 내 원피스였다

국물 맛이 좋았다 끓고 있는 전골냄비의
가장자리를 따라 노르스름한 기름이 떠 있었는데

덫으로 잡은 거라 했다 그러니 오늘만

오후의 햇빛이 발목에 감겨 끌려가고 있었다

치마를 툭툭 털며 엄마는 이상한 핑계를 대고 있었다

그러나 그건 내 원피스였다

푸른빛이 섞인 깃털은 윤기가 나고 눈밭에 두면

날아갈 것 같았다

전골에서 건져 낸 만두는 뜨겁고

한 번만 더 이상한 소리를 하면……

그래도 꿩 같은 걸 한번은 사 줄 수도 있지 않느냐고

원피스라는 게 다 비슷한 건데 내 것 니 것이 어디 있냐고

그런 게 어디 있냐고

했다

아무것도 말해 주지 않는 장면

기타 소리가 들린다
상자를 든 사람이 잘못 등장한 배우처럼
경비실 앞에 서 있다 불규칙하게
드릴 소리가 반복된다
꽃 핀 나무보다 높이 이불이
널리고 잦아드는 아이의 울음소리가
구름처럼 흩어진다 헬멧을 쓴
배달부가 피자 상자를 들고 출입구로
들어간다 그래서
그 사람은 세 번째 아내랑 살게 됐지
그 사람이 혹시, 네 아버지냐?
맥락 없는 말소리가 모퉁이를 돌아 나와
나를 앞질러 간다 한쪽 뺨에
전화기를 댄 사람이 뒤따르는
아이의 손을 찾아 쥔다

뒤에 오는 것

나보다 키가 크고
능숙하게 주차를 하는 아이가
차 문을 열고 나와 왼쪽 뺨을 세게 갈기는 꿈

자다 말고 눈뜬 밤
바람이 베란다 창을 쥐고 흔든다

아이도 아니고 어른도 아니고
얼굴도 못 보고 목소리도 못 들었다
뜨겁고 큰 손바닥으로
벼락 치듯 뺨을 한 대 맞은 것뿐인데

내 아이라 생각했다

브리오슈만을 파는 작은 빵집 한구석에는
계란이 쌓여 있고

한 팔에 아기를 안은 사람이 다가와
잘라 놓은 빵을 먹어 보라고 한다

연수동

밖에서 기다릴게, 그렇게 말하고 네가 나간다
곧 따라갈게, 라고 대답했지만

밖은 더 어두워져
너는 여전히 밖에 있게 되고

환하게 불을 켜고 아무리 뒤져도
찾으려고 했던 것이 찾아지지 않는다
있어야 할 것이 있어야 할 자리에
보이지 않아서

같은 자리를 맴돈다

어깨를 만지고
얼굴을 쓰다듬고 나면
두 손은 더 많은 걸 바라게 된다

제3부

파리 공원

햇빛이 좋다 개선문을 지나 에펠탑을 지나 유모차를 타고 가는 개가 있다 만개한 꽃들과 슬리퍼가 있다 야구공이 날아간다 덜 자란 꽃사과를 주웠다가 버린다 알 수 없는 감정이 일어나고 무너진다 내 귀에만 들리는 소리로 나는 자장가를 부른다 물줄기는 중심에서 솟구치고 반원을 그리며 사방으로 떨어진다 둘레가 생기고 경계가 무너진다 햇빛이 좋다 구립 도서관이 보인다 바다를 헤매다 육지를 발견한 사람처럼 너는 이마에 손을 대고 서 있다

검은 개는 눈이 검다

검은 개는 눈이 검다
털옷을 입고 덧신을 신고 간다
여름의 걸음걸이로 가로수를 지나간다
눈을 안고 걷는다

목줄의 양 끝에서 개와 주인이 자리를 바꾼다

주상복합건물의 출입구 쪽으로
이삿짐 트럭이 도착하고 작업복을 입은
사람들이 내린다 쏟아지는 눈 속으로
사다리가 올라간다

사다리에 실려 간 빈 바구니들은 내려오지 않는다

가로수를 지나 횡단보도 쪽으로
상자를 옮기듯 나는 나를 옮긴다
검은 개는 눈이 검다
가다 말고 서서 떨어지는 눈을 본다

주인의 손에서 개의 목까지 목줄은 녹지도

얼지도 않는다 개와 주인을 한꺼번에 몰고 간다

두 손을 입가에 모으고 고개를 젖힌 사람이
사다리의 끝을 향해 고함을 친다
쳐든 얼굴 위로 벌어진 입속으로
눈송이가 떨어진다

검은 개가 간다 흰 눈이 내려온다

창고

작업복을 입은 사람이 계단을 오르다 말고
아래를 향해 소리쳤다 돼?
이제 되냐고?

비가 시작될 무렵

대걸레와 물통을 든 사람이 계단에 서 있었다
닦인 계단 위로
닦아야 할 계단이 생겨나는 중이었다
기름띠를 두른 불빛이
물통 속을 떠다녔다 그 불빛 속에 나는 잠깐
얼굴을 넣었는데

언니는 밀가루를 찾고 있었다
싱크대 서랍들을 열었다 닫았다 밀가루
밀가루 중얼거리며 냉장고 문을 열어 놓고 서 있었다
환하고 서늘한 냉장고 쪽으로 언니가 다가섰다
한 손으로 이마를 짚고
허리를 숙였다

이제 되냐니까?

목소리 같은 건 들리지 않았다
비가 그치기 전에

장갑으로 얼굴을 닦으며
한 사람이 계단을 올라오고 있었다

버니 슬로프

새들은 모르는 새들의 기분을 내가 느낀 것 같다

한남동에서 여름까지

버스가 멈추면 시간이 함께 멈출 것 같고

종점에서 기점까지
버스 노선도에 적힌 정류장 이름들을 순서 없이
읽는다 언제 와? 묻는 전화기 속 메시지가
남은 정류장이 몇 개인지 세고 있는 것 같다

말하지 않는 동안 입속에 든 혀는
침대에 누워 천정을 보는 사람의 모습 같을까

무력한 냉기가 다할 때까지 버스에서
내리고 싶지 않다

한낮에도 불 켠 남산터널을 지나

새들은 모르는 새들의 기분이

새들의 것은 아닌 새들의 기분이

이쯤에서 하차 벨을 눌러야 한다고

자막 읽기

—

보는 동안 보이는 나는

환불해 주세요
점원 앞에 내밀어진 마시다 만 커피와
떠다니는 솜털 하나

깃털은 빠지고 솜털은 맴돈다

없는 사람이 되고 없는 내가
등장하는 장면은 없어져야 마땅하고

어느 날의 솜털 하나 머리카락 한 올
보푸라기와
알 수 없는 부스러기들 먹다 만 음식 속
흐트러진 접시 위
없는 것 같지만 정확한 타이밍에 보여야 하는 이물질들

마땅히 있는 것과 마땅히 하는 일과
그러나 마땅치 않은 사람과
사람의 일과

—

넓은 도로를 따라 불빛이 몰려가고
유모차를 밀면서
흰 줄이 선명한 슬리퍼가 걸어간다

이 사람을 아는 분의 연락을 기다립니다
티브이 화면에 자막이 뜬다

어두워진 창 너머 보이는 내가 보는
나를 지나친다

여름엔 밤이 더디게 와

물컵과 너를 한자리에 두었다 무슨 말인가 하고 싶어
보였다 욕실로 가서 나는 손을 씻었다 비누로 씻은 손을
한 번 더 씻었다 마침표를 찍듯 거울을 보았다 물컵을 밀
어낸 자리에 엎드린 네가 놓여 있었다 너를 흔들었다 어
깨를 따라 몸이 흔들리고 식탁이 흔들렸다 쏟아질 것 같
다고 생각했지만 어디로 치워야 할지 모르는 상자를 들어
올리듯 네가 얼굴을 들었다

빛의 간격

상자에 담겨 옮겨지는 케이크처럼
사람들은 차에 실려 간다 달콤한 케이크는
단숨에 뭉개질 수도 있다 박수를 받으며
푹신한 케이크에 칼날을 찔러 넣는 신혼부부의
미래는 아무도 모른다 차는
시속 120㎞로 도로를 달려간다
빛은 초속 300,000㎞로 공간을 지나간다
태양이 던진 빛은 8분쯤 뒤에 지구에 도착한다
8분 전에 뚫려 있던 도로가 갑자기 막힌다
목을 베고 지나간 환한 칼날이
조수석에 꽂힌다 선명하게 잘린 케이크
조각처럼 나는 운전석에 놓여 있다
안전하게 안전벨트를 매고 있다
브레이크 페달 위에 오른발이 얹히고
핸들을 쥔 손과 손목이 있다 움직이지 않는
차의 정면에는 앞차와의 간격만 있다

몬트리올을 기다리는 밤

멀리서 보면 구두 한 짝 같다 오토바이 불빛이 재빠르게 스친다 바타유는 기다린다 꼬리를 세우고 발소리를 죽이며 다가올 몬트리올 몬트리오올…… 밤마다 다른 곳에서 둘은 마주친다 어제 마주친 몬트리올은 그제의 바타유를 알아보고 스무 번째 몬트리올은 스무 번 전의 바타유를 알아본다 몬트리오올…… 오므렸던 입술이 벌어질 때 입술의 작은 언덕을 넘는 몬트리오올은 혓바닥에 놓인 아몬드 같고 올이 풀리는 스웨터 같다 풀리는 털실 끝을 당기면서 멀리까지 갈 수 있다 낯선 도시에서 아끼던 스웨터를 잃어버린 적이 있다 길들과 공원과 어디에 놓여도 비슷한 벤치들…… 몬트리올은 기다림을 밟으며 온다 몸을 느끼며 빠져나가는 다른 몸의 질감…… 바람이 빗줄기를 몰고 다닌다 자동차 불빛이 길을 훑고 간다 건너편에서 보면 그건 구두 한 짝 같다 어쩌다 길바닥에 떨어진 고등어처럼 보인다 그러나 조금만 다가가면……

의미 있는 일

의자 끄는 소리가 들린다 베란다에서 싱크대 쪽으로 다시 반대로 위층은 한 달째 빈집이다 입김을 분다 창유리가 흐려진다 바타유는 기억한다 청소가 끝난 교실에 혼자 남겨진다 아무리 닦아도 유리창엔 손자국이 남는다 선생은 화를 낸다 손 떼 손을 떼라고! 교실은 삼 층이고 유리창은 운동장 쪽으로 나 있다 뭔가 속셈이 있는 거다 그건 위험한 생각이고 심증에 불과하다 손을 뗄 수 없는 건 정말 나쁠까? 생각하고 생각한다 피아노 소리가 점점 커진다 유리에는 여전히 손자국이 남는다 주방으로 가서 그는 커피콩을 간다 그라인더 소리가 집 안을 채운다 의미 있는 일? 모두 자는 밤에 깨어 있다면 뭔가 의미 있는 일을 해야 한다 베란다로 나가 빈 화분에 물을 주고 널린 옷가지들을 모아 세탁실로 간다 세탁실로 들어가 다시는 못 나올 수도 있나? 파리 떼처럼 꼬이는 생각에 갇혀 버둥대는 자신을 바타유는 그냥 지나친다 한밤중 세탁실에서 사라지는 건 무슨 의미일까? 빨래를 마치면 어쨌든 세탁기는 의미 있는 일을 한 것이다 그러면, 바타유는?

지구가 세탁기처럼 돌아가는 밤

노새를 끌고 여자가 지나간다
관광객을 태우고 설산을 향해 간다
화면 속 여자가 나를 볼 리 없다 한밤에 나는
자전거를 탄다 바퀴는 없고 지지대만 있어서
아무리 달려도 계속 제자리다 속도를 높여도
스릴은 없다 없는 게 많아서 안전하고 쾌적하다
여자는 돌아와 아이들을 만나고 밥을 나눠 먹고
부엌이 전부인 집 안에서 아궁이 옆에 이불을 펼친다
천정까지 어둠이 쌓인다 별 같은 건 안 본다
밝은 실내에서도 별 같은 건 안 보인다
잠이 밤을 끌고 간다 한밤을 틈타 지구가
자전 속도를 줄인다 나귀는 자다 말고 일어나
눈을 껌뻑인다 밤새 페달을 밟아도 나는 설산에
닿지 않을 것이다 덜컹이는 지구의 자전 소리가
가까이서 들린다 어두운 원통 속을 돌아가는
지구가 마침내 자전을 멈출 때를 기다린다

회전교차로

　이면도로 한가운데 고양이가 누워 있다 노란 중앙선을
반쯤 베고 있다 속도를 줄인 차들이 고양이를 피해 간다
피하고 싶은 얼굴과 엘리베이터에 탄다 피할 수 없는 얼
굴이 나를 피한다 알람이 울린다 누가 내 어깨를 흔든다
바닥이 흔들린다 멀미가 난다 계단을 내려가는 사람들의
말소리 멀지 않은 곳에서 울음이 터진다 급정거하는 차의
바퀴 소리 차 문이 세게 닫히는 소리 쏟아진 구슬들이 마
룻바닥을 구른다 퍼붓는 빗소리 에어컨 실외기에 빗물이
튀는 소리 고양이를 본 건 어제 아침의 일이다 침대는 식
고 베개는 축축하다 냅킨만 한 방 무릎 위에 펼쳐 놓고 접
을 수도 있겠다 엘리베이터의 도착을 알리는 종소리 문이
열리기를 기다린다 다리가 펴지지 않는다

포도

원피스는 목을 내밀고 있다
두 팔을 내밀고 있다

못 본 사이
다 자란 네가 조금 더 자란 것 같다

장맛비가 그친 저녁
접시에 담긴 포도알을 따는 손가락이 젖는다

나는 생각만 하는 사람이었다가
생각이 없는 사람이 된다

포도송이 안에서
쓰러진 나무 한 그루가 나온다
젖은 손가락들이 접시 한쪽으로
나무를 옮긴다

고개를 숙인 채로 나는 씨를 뱉는다

제4부

낮달

　떨어지다 만 셔틀콕처럼 낮달이 떠 있다 버스가 오지 않는다 시간에 맞춰 도착하지 못할 거다 택시를 타야 할까 돌멩이를 던지면 달은 길 건너편 버스 정류장쯤 떨어질 것 같다 그러나 백 번을 던져도 실패하겠지 에어컨 실외기 옆에서 담배를 피우던 사람들이 피우던 담배를 던지고 간다 희고 가는 연기가 자리에서 맴돈다 택시를 부르면 도착을 기다리는 동안 버스가 오겠지 버스는 오지 않고 낮달이 녹고 있다 뒤가 비칠 듯 희고 얇다 북극의 빙하가 녹는 건 인간 때문이라지만 낮달이 녹는다면 낮달의 문제다 달에서 본 지구를 맨 처음 찍은 사진을 본 적이 있다 지구는 검은 바다에 떠 있는 비치볼 같았다 낮달은 이제 흩어질 듯 희미하다 버스를 타든 택시를 타든 이미 늦었다

하나가 빠졌습니다

—

자면서 언니가 소리 내서 웃으면 무서워
동생이 말했을 때

하나가 빠졌습니다

아스파라거스 한 단을 사 간 고객에게
화가는 아스파라거스 하나를 그린 그림을 더 보낸다

오늘 내일만 아니면 다른 날은 다 괜찮아
꽃이 없는
꽃병이 있고 냅킨이 쌓인 탁자에 앉아

다 괜찮은 다른 날에

밤새 지구 반대편에서 벌어지는 축구 경기를 본다
  공을 따라 달리는 발을 따라 달리는 카메라를 따라 달
리는
  시선을 따라 달리는…… 공과
  달과
  지구에 감정 같은 게 있다면

아직도 내가 웃으면 무서워? 내가 물었을 때

언니한테서 뭐 하나가 빠진 것 같아
못은 사라지고 못이 빠진 구멍만

벽에 꽂혀 있다
죽은 화가의 복제품 그림은 엎어진 채로 있다

일하는 사람들

일은 외부에 있다
일이 그들을 불러 모은다
헬멧을 쓰고 주머니가 많은 조끼를 입은
사람들이 움직인다 그늘이 움직인다 그들은
붉은 고깔의 경계 속에 놓이고 한 사람처럼 움직이는
여러 사람이다 손짓으로 차를 멈추고
움직이게 한다 다 같이 둘러서서
파헤쳐진 땅속을 들여다본다 어제 본 장면은
오늘과 이어진다 어제는 팔월이고 오늘은 구월이다
어제는 여름이었고 오늘은 가을이 된다
구덩이 안으로 한 사람이 내려간다
위와 아래 안과 밖에서
흙덩이 같은 말을 던지고 받는다 한 사람이
손에 삽을 들고 있다 삽날로 푹푹 그림자의 발목을
찍고 있다 나는 붉은 고깔의 경계 밖에
서 있다 그들은 한꺼번에 오고
문득 돌아간다

떨어진 사과를

질량과 거리
비례와 반비례 같은 건
사과에 있던 것도 내 것도 아니지만

언제나 사과는
떨어진 사과에서 시작된다
지구가 시작되고 달이 시작되고

창고형 할인 매장의 진열대 위에서도
사과는 떨어진다

사과와
한 인간에게서 시작된 관계는
어디서 끝을 볼까

기대 없이 어제 없이

추운 날
우리는 이사 이야기를 한다
이삿짐 업체를 고르는 일부터 짐을 옮기는
사람들과 마찰 없이 이사를 마치기까지 사소한
친절과 끊이지 않아야 하는 인내심에 대해
점심으로 먹는 짜장면과 탕수육에 대해
추워서
더는 못 먹겠다면서 찬 맥주를 다시
주문하고 이 포도는 태평양을 건너 여기까지
왔을걸 포도알을 따면서 네가 말한다
한낮에도 영하를 밑도는 겨울날
포도를 먹는 건 동화 같은 일이다
접시에 담긴 포도가 아니면
어떻게
동화가 실현될 수 있을까 돌처럼
나무처럼 옮겨지기 전에는 옮기지 않아도 되는
세상은 없나 세상 사람들이 전부
태어난 자리에서 살다 죽으면
안 되나
이야기에 골몰해도

집을 옮겨야 한다는 생각은 짐이 되어
쌓이고 쌓인 상자들 속에서 바로 그 상자를
찾지 못해 모든 상자를 열어 보아야
하는 수고를 해야 할 수도 있다
투명한
잔에 넘치는 거품이 꺼지기 전에
앞치마를 두른 사람이 다가와
문 닫을 시간을 알려 주기
전까지

의자

의자를 걷어차고 한 사람이 밖으로 나간다

쓰러진 의자는 죽은 짐승처럼 네 다리를 한쪽으로
내뻗고 있다 죽은 사람을 들어 올리면
살아 있을 때보다 무겁게 느껴진다

숨이 멎을 무렵
검버섯 핀 이마는 겨울 저녁 쇠난간처럼 차가웠다

오른손에서 왼손으로 나는 젓가락을 옮긴다

옆 테이블에 사람이 바뀌고
말이 끊어지고
고기를 뒤집던 집게가 불판 옆에 놓인다

한 사람이 허리를 세우고 출입문 쪽을 본다

자세를 바꿀 때마다 의자가 삐걱거린다

꽃과 빙하

꽃은 가깝고 빙하는 멀다 이것은 노트북의 화면 보호용 사진이다 빈 화면과 커서는 사진 너머에 있다 너무 가까이 있어서 손만 보인다 목을 감고 흘러내린 넥타이만 보인다 넥타이를 수놓은 작은 돛단배들이 압정처럼 박혀 있다 하지 말아야 하는 말 때문에 말이 많아진다 꽃은 크고 희미하다 멀리 있는 빙하는 작고 선명하다 기울어진 평면은 거기서 거기를 여기서 저기로 멀어 보이게 한다 어제도 일 년 전에도 앞으로도 오랫동안 빙하는 녹지 않고 꽃은 시들지 않는다 나는 보이는 것에 매달려 있다 붙잡히고 싶어서 붙잡고 있다

아름다운 가게

요즘은 정말 시간이 없어 너의 문자는 여기까지 그래, 그렇지 발목까지 오는 외투를 만들고도 남을 시간이 내게는 있지만 나눠 줄 수가 없다 극장이 있는 건물을 빠져나오기도 전에 주인공 친구가 왜 죽었는지 기억도 안 나는데 영화는 끝나도 팝콘은 남아서 식을수록 짠맛이 도드라진다 유리에 비치다 안 비치는 얼굴 저 가게는 왜 아름다운 가게일까 유리문 안쪽에서 앞치마를 두른 사람들이 물건을 나른다 들리지 않는 말들을 주고받는다 1/2 배속으로 돌리는 화면처럼 유리문을 밀면서 사람 둘이 들어간다 환한 실내에 종이 울린다 크리스마스는 멀고 새해는 더 아득한 때

기분이 전부여서 마음이 놓였다

사람이 별로 다니지 않는 공원이었다 날벌레들이 불빛 주변을 빠르게 맴돌았다 검은 점들의 회오리가 몰려다녔다 너는 그치지 않는 혼돈을 홀린 듯 보았다 야외공연장 지붕 끝에 달이 떠 있었다 말을 하면 혼잣말이 되는 한밤이었다 우리는 어제 조명이 많은 무대의 관객이었고 내일은 그냥 출근을 할 것이다 보아야 할 것도 보여 줄 것도 남아 있지 않았다 우리는 나란히 자전거를 타고 갔다 나란히 죽지는 않을 것이다

조문

—

빈방에 남아 빈방을 닦고 있는 거울처럼

그 집의 벽들은 비에 젖는다
현관 앞에는 쓰러진 우산이 있고 지붕을 넘어
개 짖는 소리가 들린다

누군가 소리 내어 운다 나는 꽃을 들고 있다

눈을 감고 있으면 생각 없는 몸이
어딘가로 간다 생각만 남아 몸을 생각한다

삶이 죽음으로 옮겨 가는 낮을 지나

엎어진 화분처럼 방문을 쥐고 있는
젖은 손이 있다
손잡이를 말아 쥔 둥근 손등만 보인다

창문이 없는 방에 바람이 들이치고
먹구름과 흰 구름이 방 안을 지나간다

—

감은 눈 안으로 구름은 어떻게 들어왔을까?

낙하운동

나는 빨랐다 개들이 달리는 속도로 달릴 수 있었다 한 마리를 앞세우고 일사불란하게 개들은 쫓아왔다 흘러내린 침이 실크 스카프처럼 나부끼고 있었다 들판도 아니고 도로도 아니었다 막다른 골목도 모퉁이도 없었다 달려온 쪽에서 달려갈 쪽으로만 길이 생겨났다 개들은 빨랐다 냄새가 달랐다 맨 앞을 달리던 개가 나를 따라잡았다 한 마리가 또 여러 마리가 나를 제쳤다 나는 빨랐다 네 발이 편했다

재입장은 불가합니다

가벽

화살표를 따라 사람들이 몰려간다
그림과 가까이 그러나 어느 각도에서도
그림을 가리지 않는 방식으로
벽이 자라고
조명이 죽고
앞서 걷던 사람들이 돌아나간다

닿지 않는
숲의 바깥쪽에서
도로가 뚫리고 자동차가 달리고

관광객들은 숲의 둘레를 도는 것으로 여름휴가를
보낸다

모서리와 의자

머플러로 턱과 입을 가린 사람이 서 있다

손가락을 세워 잿빛 머리카락을 귀 뒤로 넘기고
또 넘기면서

자유로운 감상을 허락하겠다는
높이와 거리를 갖춘 자세로

인 이어

정돈된 문장과
알아듣기 쉬운 발음이 팔을 뻗어
조명이 비추는 벽을 가리킨다

마주 앉아 몸을 포갠 채로 뼈가 뼈를 안고 있다

설명은 설명에 대해 충분하지 않아도 된다

검은 정장을 입은 사람이 모서리에서 나와
실내를 둘러본다
누구를 보아도
아무도 보고 있지 않아야 하는

상황에 처한다

출구

앞서 나간 사람이 되돌아와서
허리를 숙인 채로 바닥을 살핀다

읽다 만 책의 마지막 페이지

개를 보았다
개를 싣고 가는 오토바이를 보았다
웅크린 몸은 햇빛 속에 녹고 있는
눈 더미 같았다

구두에 묻은 얼룩이 닦이지 않았다

불어 터진 시간이 지나가고 있었다

눈이 올 것 같은 한낮이
하얗게 쌓이고

좋은 말씀을 전하러 온 사람 둘이 문밖에
서 있다

위화감의 시학

박동억(문학평론가)

1. '진짜 같은'

자신의 존재를 쥐기 위한 언어가 아니라 흩어 놓기 위한 언어도 있다. 자신의 존재를 바로 세우기 위해 다짐하는 순간이 있듯 숨 막히는 일상을 벗어나기 위해 착란에 몸을 맡기는 순간도 있다. 그리고 2000년대 이후 현대시에서 두드러졌던 언어의 양상은 후자 쪽에 가깝다고 할 수 있다. 때로 시인들은 눈앞의 현실을 부정하기도 했고, 자신의 존재가 완전히 다른 존재로 변신하는 환상을 꿈꾸기도 했으며, 인과관계가 맞지 않는 모순된 이야기를 지어내기도 했다. 핵심은 그들이 마치 분열증 환자처럼 무엇이 현실이고 무엇이 환상인지 구분하지 않은 채 말하려 했다는 점이다. 이 때문에 독자들은 이렇게 질문을 던질 수밖에 없었다. 이것을 어떤 방식으로 이해해야 할까.

아마도 많은 독자가 이은기 시인의 첫 시집을 읽는 도중

해설을 펼쳤을 수도 있겠다. 최초에는 그 언어의 낯섦에 매료되었다가 한 문장씩 곱씹어 볼수록 어떤 이야기인지 어떤 의미인지 좀처럼 감이 잡히지 않는다는 것을 깨닫고 해설자의 도움을 빌리기 위해서 말이다. 그리고 독자는 해설의 안내를 받다가 이러한 질문을 던졌을 수도 있겠다. 그의 시는 우리에게 공유될 수 있는 의미를 단지 감춰 놓은 것일까, 아니면 번역 불가능한 독백으로 간주해야 할 것일까. 이것은 이은기 시인의 시뿐만 아니라 2000년대 이후의 시를 이해하기 위해서 던져 보아야 하는 핵심적인 질문인 것처럼 보인다. 다르게 표현해 보면 이 질문은 다음과 같다. 그의 시는 분열증을 앓는 언어일까, 아니면 분열증을 모사하는 언어일까.

실제로 이러한 질문을 엄밀히 논증한 글은 찾아보기 어렵다. 그리고 미친 척하는 자세와 미쳐 버린 정신의 차이 또한 우리가 생각하는 것보다 멀지 않을지도 모른다. 하지만 이 질문에 대답해 보려 했던 어렴풋한 사색의 흔적을 우리는 롤랑 바르트의 저서 『사랑의 단상』에서 찾아볼 수 있다. 이 책에서 바르트는 이렇게 말하고 있다. "단어는 결코 미친 것이 아니다(기껏해야 변태적(pervers)이라고나 할까). 미친 것은 바로 통사부(syntaxe)이다." 여기에는 사람이란 언어로 자신의 정체성을 표현하는 존재이고, 무엇보다 한 사람의 정체성은 문장의 구조를 통해 표현된다는 생각이 전제된다. 또한 한 편의 시를 감상할 때 단어의 의미를 연결하는 데 집착할 필요 없이 문장의 구조를 음미해 볼 필요가 있다는 발상을 하게 만든다.

그렇다면 우리는 "미친 것은 바로 통사부"라는 단언에 비추어 이렇게 말해 볼 수 있다. 당신이 말하는 단어는 핵심이 아니다. 대신 당신의 진정한 '나'가 표현되는 장소는 문장 구조이다. 요컨대 어떤 말이 일견 알아들을 수 없는 단어들의 집합처럼 보일지라도 그것을 면밀히 살폈을 때 안정된 문장의 패턴이 존재한다면 그 패턴 자체가 우리에게 깨닫게 하는 의미가 있다. 따라서 이은기 시인의 시를 아주 낯선 노래라고 말해 보자. 좀처럼 맥락화하기 어려운 노랫말 속에서 반복하는 선율이 있는지 살펴보자. 그때 선명해지는 목소리, 마주하게 되는 뚜렷한 마음이 있는가.

> 안양천을 걸었다 손을 잡고 있었다 가마우지 한 마리가 물속에 서 있었다 멀리서 보면 물속에 박힌 나뭇가지 같았다 날개가 있고 부리가 있었다 보일 듯 말 듯 머리를 움직였다 살아 있었고 진짜였다 야구복을 입은 아이들이 발맞춰 달려갔다 자전거가 지나갔다 목줄을 맨 개와 나란히 걸었다 두 사람이 다가왔고 한 사람이 선유도 방향을 물었다 완만한 커브를 그리며 개가 멀어졌다 멀어지는 개의 속도로 한 사람이 따라갔다 팽팽하게 쥐고 있던 목줄이 손에서 풀리는 것 같았다 진짜 같았다
>
> —「선유도 방향」 전문

첫 시 「선유도 방향」은 난순히 풍경을 묘사하는 작품처

럼 보일지도 모른다. 일견 안양천 변을 산책하면서 목격했던 "가마우지 한 마리" "야구복을 입은 아이들" "자전거" 등을 순차적으로 나열하고 있을 뿐인 사실적인 작품처럼 보인다. 흔히 서정시의 형식에서 풍경은 시적 화자의 정서에 따라서 재구성되고 채색되기 마련이다. 그러나 이 작품에서는 풍경에 대한 서정적 개입이 행해지지 않는다. 다만 쇼윈도를 구경하듯 스쳐 가는 사람과 동물들을 차례대로 묘사하고 있을 뿐이다.

그러나 쇼윈도를 구경하듯 이 작품이 풍경을 묘사하고 있다는 이해는 정확한 것이 아니다. 사실 이 작품의 미감을 자아내는 첫 번째 특징은 이중적이고 분열증적인 시선이다. 꼼꼼히 작품을 읽어 보자. 우선 "안양천을 걸었다", "목줄을 맨 개와 나란히 걸었다"라고 서술할 때, 우리는 안양천 '안에서' 걷고 있는 화자의 시선을 떠올리게 된다. 그런데 "완만한 커브를 그리며 개가 멀어졌다 멀어지는 개의 속도로 한 사람이 따라갔다"라고 서술할 때 우리는 혼란에 빠진다. 이 서술은 '내'가 마주친 또 다른 행인을 가리키는 것일까, 아니면 개와 함께 산책하는 '나'에 대한 것일까. 만약 후자로 생각한다면 우리는 안양천을 걷고 있는 화자를 '바깥에서' 바라보고 있는 듯한 느낌을 받는다. 요컨대 이 모순된 듯한 서술 방식이 안양천 '안을' 산책하며 바라보는 동시에 그 산책하는 모습을 '바깥에서' 바라보는 듯한 시선의 분열을 만들어 낸다.

좀 더 이 구절이 야기하는 혼동을 밀어붙여 보자. 이 부자연스러운 시선은 언제나 하나의 시선으로 세상을 바라볼 수밖에 없는 우리의 자연스러운 현실감을 왜곡시킨다. 이러한 왜곡은 이 작품의 두 번째 특징에 의해서 강화된다. 이 작품의 미감을 형성하는 또 다른 특징은 바로 눈앞의 현실을 "진짜였다" "진짜 같았다"라고 반복하여 서술하는 문장 구조이다. 어떠한 대상이 사실인지 거짓인지 판단하는 인식의 최소 단위를 우리는 명제라고 부른다. 그러나 대부분의 사람은 눈앞의 가마우지와 손안에서 느껴지는 팽팽한 줄의 느낌처럼, 개별적인 사람과 감각을 우리는 명제 판단의 대상으로 삼지 않는다. 눈앞의 대상, 손안의 감각은 자명한 것이지 판명의 대상이 아니기 때문이다.

「선유도 방향」을 읽으면서 위화감을 느꼈던 독자라면 그 실체가 무엇인지 깨달았으리라. 이 시는 부자연스럽다. 그 부자연스러움을 일관된 서술 방식으로 표현하고 있다. 이 작품에서 반복하는 문장 구조는 현실을 인식하고 재현하는 형식 자체에 모순을 만들어 낸다. 대부분의 사람은 산책로를 걷는 동시에 산책로 바깥에서 자신을 바라볼 수 없고, 눈앞의 현실과 손안의 감각에 대해서 진짜인지 가짜인지 묻지 않는다. 그렇다면 이 시에서 의도된 미학적 형식을 무엇이라고 불러야 할까. 이렇게 답해 볼 수 있겠다. 자명한 현실을 의심스러운 그 무엇으로 바꾸어 놓는 '위화감'이야말로 이 작품의 근본적인 미학인 셈이다.

2. 입속밀의 형식

편의상 미학 또는 미감이라는 표현을 반복하고 있지만, 근본적으로 「선유도 방향」은 감각의 전회가 아니라 인식론적 전회를 우리에게 요구하는 작품이다. 다시 말해 그것은 미추 판단의 자연스러움이 아니라 이성의 자연스러움을 비틀어 놓는 작품이라고 할 수 있다. 미학은 눈앞의 대상에 의해 촉발되는 감성적 지각의 차원에서 발생하지만, 「선유도 방향」은 대상 자체를 인식하는 인간 존재의 인식하는 방식 자체를 뒤흔드는 작품이기 때문이다. 이 때문에 이은기 시인의 시는 불쾌하기보다 당혹스럽다. 분명히 산책하는 순간의 정경과 같은 익숙한 체험을 재현하고 있음에도 불구하고 낯설게 느껴진다.

시집의 제1부에 수록한 「쇠난간의 촉감으로」나 「유월에 당나귀는 날씨가 참 좋다는 말 같은 걸 하고」와 같은 작품에서 우리는 좀처럼 맥락화되지 않는 시구들을 만나게 된다. 「쇠난간의 촉감으로」는 "그 집에서 가장 소중한 건/문을 통해 들어온 게 아니래 남자가 말했다/그럼 뭐래? 여자가 물었다"라는 대화로 시작하지만, 여자의 물음에 해답이 될 만한 단서를 찾기 어렵다. 도리어 시는 대화로부터 풍경 묘사로 이행해 가고, 물음이 존재했다는 사실은 그저 흘러가는 묘사 속에서 잊히는 듯하다.

마찬가지로 「유월에 당나귀는 날씨가 참 좋다는 말 같은 걸 하고」의 경우에도 우리는 서두에서 두 사람이 "날씨는 왜 점점 더 더워지지?", "이거 먹을래?"와 같은 대화가 제시된 뒤 차츰 시가 풍경에 대한 감각으로 이행해 가는 것

을 확인한다. 이때 "덜컹이는 웃음소리", 희미한 "오렌지 향
기", "뜨거운 콧김을 뿜는 당나귀의 얼굴이 가까이" 있는 듯
한 묘사가 여름의 정취를 다양한 감각으로 표현해 주고 있
다. 이렇듯 이은기 시인의 시에는 반복하는 경향이 있다.
구태여 물음에 사로잡히지 않는 것, 답하여도 좋고 답하지
않아도 좋은 질문을 제시하는 것, 요컨대 여름이 왜 더운
것인지 골몰하는 대신 여름이라는 기분 속에 자신을 내던
지는 태도가 이 시집 안에서 반복된다.

> 누군가 죽었다는 말은 좁은 일방통행로에서 마주친
> 이삿짐 트럭 같아서
>
> 전원을 켜고 채널을 바꾸고
>
> 바람이 불어오는 반대 방향으로 고개를 돌려
> 포식자의 시선을 맞받으며 서성이는
> 사슴들
>
> 숨길 수 없는 몸을 낮추고 도사리고 도사리고 도사리는
>
> 먼일들은 때때로
> 아주 가까운 곳에서 솟구친다
>
> 채널을 바꾸면 세상이 바뀌고 느닷없이

쏟아지는 웃음소리가

울음소리보다 무섭게 들리고

그 말투와 그 얼굴과 그 걸음걸이가……

곧 그치겠지

비가 될 것 같은데

밖에서 돌아온 사람들이 장화에 묻은 눈을 털며

그런 말들을

툭툭

　　　　―「새로 돋은 풀들이 그때 그 모양으로 자라」 전문

　물론 불현듯 스며드는 기분은 기쁨만이 아니다. 위 작품
에서 우리는 "누군가 죽었다는 말"에 깃든 슬픔 또한 시인
의 마음에 육박해 오는 것을 확인한다. 그런데 이 시는 앞
선 작품들과는 달리 단지 애도하는 기분에 그치지 않고 애
도의 불완전함에 대한 성찰 또한 포함하고 있다는 점에서
흥미롭다. 여기서 시인은 어떤 안타까움을 간직한 목소리
로 이렇게 말하고 있다. 누군가의 부고가 처음에는 "이삿짐
트럭"과 마주치듯 충격적일지라도 결국 "그 말투와 그 얼굴
과 그 걸음걸이가……" 서서히 희미해지고 이내 "장화에 묻
은 눈을 털며" 사람들은 애도를 끝마칠 것이다. 그리고 끝

내 사람들은 "그런 말들을/ 툭툭" 털어 낼 것이다. 눈 녹듯 부고의 생생함은 천천히 사라지고 끝내 잊힐 것이다. 완전히 끝맺지 못한 마지막 문장 속에서 맴도는 깊은 침묵이 있다. 말하기를 중단하는 것이야말로 말에 대한 불신을 표현하는 가장 정확한 방식이라면 이은기 시인은 그렇게 한다. 이와는 달리 그는 마음 깊이 사람을 간직할 수 있다고 믿어 볼 수도 있었다. 타인의 먼 슬픔보다 방송 채널 속의 "쏟아지는 웃음소리"를 가까이하는 세태를 힐난할 수도 있었다. 그러나 그러는 대신 그는 침묵한다.

　말에 온도가 있다면 이은기 시인은 말의 서늘함을 깊이 들여다본다. 말의 빛이 사라지는 순간을 오래 응시한다. 「새로 돋은 풀들이 그때 그 모양으로 자라」는 이 시집 안에서도 예외적으로 성찰적인 성격을 지니는 듯 보이지만, 그렇다고 해서 타인을 설득하려고 하는 신념이나 자기 존재를 바로 세우려는 성찰 의식처럼 어떤 확고한 메시지를 형성하려는 목적을 지니지 않는 것처럼 보인다. 대신 순간의 감각, 찰나의 접촉, 그리고 이내 사라지고 마는 말의 광채와 서늘함을 이 작품의 침묵은 표현하는 듯 보인다. 그렇게 툭, 툭 떨어지고 마는 언어. 발아래로, 그림자로 스며들며 사라지는 언어의 잔상이 있다.

　이와 유사한 성격을 지니는 작품들이 시집 전반에서 반복된다. 페이지를 천천히 넘기다 보면 우리는 이 시집 속에 맴도는 깊은 침묵을 감지하게 된다. 차츰 단지 그가 말하고 있는 풍경만이 아니라 무엇을 말하지 않고 있는지도 떠올려 보게 된다. 그 침묵은 무엇을 감추는가. 무엇을 지워 버리려 하는가. 언뜻 보기에 그의 시는 길을 잃은 듯 보이지만 방황은 그의 시에 대한 정확한 표현이 아니다. 그의 시는 애초부터 목적지를 지니지 않았고, 그래서 길을 잃을 수조차 없는 서성거림이다. 어쩌면 그는 말의 능력을 조금은 잃어버렸을지도 모르겠다. 그의 입술은 언제나 조금 더 말해야만 할 것 같은 인상을 남긴 채 돌연 닫혀 버린다. 어쩐지 무너질 것만 같은 언어, 그러나 그는 발화 자체를 조롱하기 위해서만은 말하려 한다. 이를테면 "그러니까 애초에 이름 같은 게 무슨 상관이냐고?"라는 반문처럼(「마리」), 시인은 명명과 호명이라는 가장 원초적인 언어 행위의 수준부터 유희의 대상으로 삼는다. 어쩌면 그의 시는 금방이라도 말을 멈출 것같이 보이면서도, 말과 유희하려는 의지에 기대어 다음 문장을 이어 나가는 듯 보이기도 한다.

어떤 마음이 그러한 자세를 만들어 내는 것일까. 어쩌면 이 시집에서 상실된 것, 아니 상실해 버리고자 하는 대상은 '나'의 존재함 자체일지도 모른다. "벗어 놓은 맨발이 바다를 등지고 있다"라는 문장처럼 벗어 버리려는 것은 그의 신체이고(「바다는 보라고 있는 것」), "베란다 화분 속에 죽은 엄마가 꽃인 양 앉아 있다 아닌 줄 알면서 아니라고 하지 않고 나는 물을 준다"라는 문장처럼 그가 속이고 있는 대상은 바로 그 자신의 현실감 자체이다(「구름은 보라고 있는 것」). 심지어 그는 "없는 사람이 되고 없는 내가/등장하는 장면은 없어져야 마땅하고"라고 쓰기도 한다(「자막 읽기」). '나'를 지우는 것, 그의 표현 그대로 "없는 사람"이 되는 것이 이 시집에서 반복하는 하나의 주제라면, 근본적으로 이 시집의 목소리 또한 '나의 소유'가 아니라고 생각해 보는 것은 어떨까. 그렇기 때문에 시인은 "혼잣말을 대화처럼/대화를 혼잣말처럼 이어 갈 수도 있다"라고 말할 수 있다(「혼잣말은 대화체로」). 누구의 것도 아닌 목소리는 독백일 수도 대화일 수도 없다. 오직 유령처럼 목소리가 떠도는 장소가 있고, 목소리들이 서로 얽히는 사건만이 일어날 뿐이다.

3. '되돌아오다'라는 문장 구조

그럼에도 나는 나다. 어떤 사람도 '내'가 아닐 수는 없다. 이 자명성에 기대어 이 시집의 목소리가 시인의 소유임을 명시해야 한다면, 우리는 그의 목소리를 차라리 입속말이라고 생각해 볼 수도 있겠다. 자신의 감정, 자신의 생각을 표현하려는 듯 보이다가도 이내 입속에서 다시 삼켜지는 말이 있다. 이러한 형식과 포개어 생각해 볼 것은 이 시집의 문장 구조이다. 서두에서 논의했듯 이 시집은 언뜻 난해해 보이지만, 근본적인 메시지를 일관된 문장 구조 안에 감춰 두고 있다. 그리고 우리는 시집의 전체에서 반복되는 하나의 술어를 확인하게 되는데, 그것은 바로 '되돌아오다'이다.

「그 한낮이 연못이라면」이라는 작품에서 두 사람은 "왔던 길을 찾지 못해 되돌아올" 뿐이다. 「읽다 만 책」에서도 그는 "큰길까지 가려다가 되돌아온다". 「창고」에서도 "작업복을 입은 사람이 계단을 오르다 말고" 되돌아오고, 「버니 슬로프」에서 버스의 승객은 "무력한 냉기가 다할 때까지 버스에서/내리고 싶지 않다"라고 말한다. 되돌아온다는 것은 나아갈 힘을 잃었다는 것이다. 저 낯설고 막막한 현실을 향해 자신을 내던질 바에는 차라리 다시 자기 자리로 되돌아오는 걸음을 우리는 확인한다. 이러한 서성거림 속에서 어떤 정체감의 징후를 확인하는 것은 어렵지 않다. 다시 삼켜지는 입속말처럼, '나'는 "없는 사람"처럼 사라져 버리고 싶지만 '나'에게로 되돌아올 뿐이다.

왼쪽으로든 오른쪽으로든 갈 수 있었다 물을 가로질러

반대쪽으로 갈 수도 있겠다고 생각했다 둘 중 한 사람이

걸어 들어가 연못의 깊이를 재 볼 수는 없었다

깊이는 없고 둘레만 있는 연못이었다
                            ─「그 한낮이 연못이라면」부분

내 귀에만 들리는 소리로 나는 자장가를 부른다 물줄기는 중심에서 솟구치고 반원을 그리며 사방으로 떨어진다 둘레가 생기고 경계가 무너진다 햇빛이 좋다 구립 도서관이 보인다 바다를 헤매다 육지를 발견한 사람처럼 너는 이마에 손을 대고 서 있다
                            ─「파리 공원」부분

세상을 향해 전진할 능력을 상실한 사람에게 세상은 존재하는 것이라고 말할 수 있을까. 이 시집의 공간성을 정확히 종합해 주는 단어가 있다면, 그것은 '둘레'라는 시어일지도 모르겠다. 「그 한낮이 연못이라면」의 사람들은 어디로든 자신의 걸음을 옮길 수 있지만 그것은 자유로운 산보도 서글픈 방황도 아니다. 그저 걷고 있을 뿐인 정처도 이정표도 없는 걸음을 떠올려 보자. 목적지를 지닌 사람만이 길을 잃을 수 있듯 '둘레'를 맴도는 사람들은 길을 잃을 수조차 없다. 그저 삶이 존재할 뿐이라는 막막한 사실처럼, 걷고 걷다가 "깊이는 없고 둘레만 있는 연못"으로 되돌아오는 과정이 이 시에서 반복되는 이미지이다. 아래 인용한 「파리 공원」에서도 '나'는 그저 주변의 풍경을 바라보고 있을 뿐이다. "내 귀에만 들리는" 자장가를 부르는 '나'는 세상과 동떨어져 있는 것처럼 보인다. '너'만이 "바다를 헤매다 육지를 발견한 사람처럼" 세상을 탐험하고 있다. '너'만이 길을 잃는다. '나'는 그것을 가만히 바라보고 있을 뿐이다. '나'의 노래도, '나'의 인식도 타인이나 세계를 향해 뻗어 나가지 못한다. '나'는 눈앞의 세상조차 창밖의 풍경을 관조하듯 가만히 바라볼 뿐이다.

우리는 '되돌아오다'라는 문장 구조 속에서 공허감을 느낄 수 있다. 그리고 이 공허감이란 자기 실존의 부정에까지 이르는 깊은 성찰 의식과 맞닿아 있는지도 모른다. 철학자 박이문은 『철학의 여백』에서 "공허감을 한 번도 느껴 본 적이 없는 인간의 싫은 공허김에서 아직도 벗어나지 못한 인간의 삶보다 더 공허하다"라고 역설적으로 표현한 바 있다. 굶주림 이후에만 식사의 소중함을 깨닫듯, 자기 존재를 부정해 본 이후에만 존재함의 미덕이 무엇인지 깨닫게 된다고 생각하기 때문이다. 이은기 시인의 언어는 미덕 이전의 깊은 자기부정 의식과 성찰인가, 우리를 존재함에 대한 갈증으로 인도하는가, 확신할 수는 없다.

다만 공허감이라는 이 시집의 기원으로부터 삶의 목적을 지니지 않은 채 살아가는 자의 목소리가 뻗어져 나온다. 따라서 이은기 시인의 시를 읽으며 그의 목소리가 어떤 대상이나 장소를 묘사할 때, 우리는 그 목소리가 어디로 향하는지 알기 어렵다. 그 목소리가 왜 그것을 묘사하고 있는 것인지, 그의 시선이 어떤 방향으로 향해야 하는 것인지 대답하기 어렵다. 좀처럼 그의 시는 타인과 세계를 향해 확장되지 않는다. 시인은 "사과와/한 인간에게서 시작된 관계는/어디서 끝을 볼까"라는 인간관계를 향한 질문을 던져 보기도 한다(「떨어진 사과를」). 그러나 그 질문은 새로운 인간관계의 시작을 구하는 목소리라기보다 이 지루한 관계 맺음이 끝장나기를 바라는 바람의 표현인 것처럼 느껴진다. 또한 "북극의 빙하가 녹는 건 인간 때문이라지만 낮달이 녹는다면 낮달의 문제다"라는 시구에서(「낮달」) 기후 변화라는 전지구적 문제를 떠올리기도 하지만, 이내 흘러가는 입속말 속에서 그러한 사색은 힘을 잃는다. 이러한 문장 구조 속에서 우리는 사색에 빠진 자의 입술, 무언가를 말하려다가 주저하는 듯한 인상, 세상에 대해 너무나도 피로해져 버린 사람의 얼굴을 발견하게 되는 듯하다.

4. 말하지 않겠다는 말처럼

본래 얼굴이란 타인을 향한 것, 그렇기 때문에 타인과 마주하기 위한 것이다. 그러나 이 시집의 시어인 '얼굴'은 감히 마주하기 부담스러운 것 혹은 좀처럼 타인을 향하지 않는 대상처럼 그려진다. 더 나아가 '얼굴'이라는 것을 대체어떤 식으로 다뤄야 하는지 모르는 사람처럼 시인은 말한다. 이를테면 "사람들은 카메라를 들고 사람들은 얼굴을 들고 사진을 찍는다 뭐가 그리 즐거워? 묻지 않는다"라는 시구에서 우리는 '얼굴'을 촬영하는 행위가 '뭐가 그리 즐거운지' 되묻는 것을 확인한다(「오후 두 시」). "어디로 치워야 할지 모르는 상자를 들어 올리듯 네가 얼굴을 들었다"라는 문장에서 '얼굴'은 마치 어디론가 치워 버려야 하는 '상자'와 같다(「여름엔 밤이 더디게 와」).

그렇기 때문에 "얼굴을 쓰다듬고 나면/두 손은 더 많은 걸 바라게 된다"라는 진술의 울림을 곱씹어 볼 때(「연수동」), 우리는 이 문장에서 상대의 '얼굴'을 쓰다듬는 순간의 기대와 떨림만을 읽게 되지 않는다. 오히려 관계가 깊어질수록 '더 많은 것을 요구하게 된다는' 사실 때문에 느끼게 되는 불안과 피로를 암시하는 것은 아닌지 되묻게 된다. 그러한 해석에 대해서 확신을 갖게 되는 이유는 이 시집에서 풍겨 나오는 삶에 대한 회의 의식 때문이다. 그는 세상이 끝장나기를 바라듯 "지구가 마침내 자진을 멈출 때를 기다린다"

라고 말한다(「지구가 세탁기처럼 돌아가는 밤」). 그리고 설령 끝이
찾아올지라도 "나란히 죽지는 않을 것이다"라는 문장처럼
타인과의 관계 속에서 죽는 것은 아니라고 말해 보려 한다
(「기분이 전부여서 마음이 놓였다」). 그러나 타인과 관계 맺는 것
이 진정 끔찍하다면, 시인이 시집을 통해 말을 건네고 있다
는 사실은 그 자체로 역설이 아닐까. 어떤 힘으로 이 시집
의 목소리는 계속되고 있는 것일까.

어떻게
동화가 실현될 수 있을까 돌처럼
나무처럼 옮겨지기 전에는 옮기지 않아도 되는
세상은 없나 세상 사람들이 전부
태어난 자리에서 살다 죽으면
안 되나
이야기에 골몰해도
집을 옮겨야 한다는 생각은 짐이 되어
쌓이고 쌓인 상자들 속에서 바로 그 상자를
찾지 못해 모든 상자를 열어 보아야
하는 수고를 해야 할 수도 있다
투명한
잔에 넘치는 거품이 꺼지기 전에
앞치마를 두른 사람이 다가와
문 닫을 시간을 알려 주기
전까지

—「기대 없이 어제 없이」부분

어쩌면 이 질문에 대하여 시인 자신도 답할 수 없을 만큼, 그는 더는 세상을 사랑할 수 없게 되었고 더욱이 자신조차 사랑할 수 없게 되었는지도 모르겠다. 이 시집 안에 내포된 '동화'란 아무것도 자신이 놓인 위치를 벗어나지 않고, 그래서 더 많은 것과 관계하거나 더 많은 것과 부딪힐 필요가 없는 세상에 대한 바람이라고 할 수 있다. 여정이 시작되지 않는다면 이야기도 없을 것이다. 이야기가 없다면 "집을 옮겨야 한다는 생각"을 짊어질 필요가 없을 것이다. 그렇게 시의 제목처럼 "기대 없이 어제 없이" 시인은 살고자 한다. "짐"이라거나 "모든 상자를 열어 보아야/하는 수고"라는 비유가 암시하듯, 그에게 삶이란 고단하게 짊어져야 하는 것, 수고스러운 것이다. 너무나도 지쳐 있기에 그는 걸음을 옮기는 것도, 부산하게 움직이는 저 풍경과 사람들도 피로한 것으로 느낀다. 그렇기 때문에 「기대 없이 어제 없이」는 "문 닫을 시간을 알려 주기" 전에 이미 문을 닫아 놓은 작품이고, 죽음 이전에 미리 죽음을 꿈꾸는 마음이다.

일반적으로 한 편의 시를 길어 올리는 원동력은 하나의 근원적인 감정이기 마련이다. 이은기 시인의 시를 이루는 서정은 텅 빈 마음일지도 모르겠다. 조심스럽게 그 마음의 이면을 들여다본다면 이 시집에서 마음은 발설되지 않는 침묵이거나 미리 죽음을 각오하는 불인 의식이라고 할 수도 있을 것이다. 이 시집의 모든 진술은 마음을 비우기 위한 것이고, 존재를 텅 빈 것으로 만들기 위한 과정처럼 느껴지기도 한다. 그렇다면 근본적으로 이 시의 '나'는 말할 이유를 상실하기 위해 말하고 있다고 보아야 하지 않을까. 그리하여 말이 멈추지 않는다는 것이야말로 이 시집의 진정한 징후이다. 말할수록 그는 존재를 버리는 듯 보인다.

그러나 한편으로 말이 계속된다는 사실을 곧 위로라고 표현해 볼 수도 있지 않을까. 적어도 말하는 동안만은 우리와 관계할 테니까. 그렇게 누군가는 간절히 그의 목소리를 듣기를 바랄 테니까. 이 시집은 어떠한 사건인가. 세상에 대한 피로와 고독한 자아의 추구와 같은 표현으로 이 시집의 주제를 함축할 수 있을지도 모르지만, 그러한 설명만으로 충분치 않아 보이는 이유는 이 목소리가 중단되는 순간을 상상하게 되기 때문이다. 말이 중단되는 순간의 끔찍함을 예감하게 되기 때문이다. 그렇다면 말이란 무엇인가. 시집을 읽는다는 것은 곧 이유 없이 한 사람이 말을 건네고 이유 없이 한 사람은 말을 간직하는 상황에 참여하는 것이라는 이 간명한 사실을 떠올려 보자. 이것은 인간이 무엇인지 우리에게 깨닫게 해 주는 가장 심원한 사건일지도 모른다.

어쩌면 인간에게 존재함보다 앞서는 것은 말함이 아닐까. 시 「꽃과 빙하」는 그러한 역설을 잘 보여 주는 작품처럼 보인다. 시인은 자신의 내면을 '녹지 않는' 빙하와 '시들지 않는' 꽃으로 비유하고 있다. '빙하'와 '꽃'이라는 대비되는 두 이미지가 그러하듯, 이 시편의 진술 또한 상충하는 것처럼 보이기도 한다. 그는 "하지 말아야 하는 말 때문에 말이 많아진다"라고 말해 본다. 요컨대 말하지 않으려는 존재의 의지보다 앞서는 말의 의지가 있다. 그렇지 않다면 "하지 말아야 하는 말"을 감췄을 것이다. 이러한 표현 자체가 지닌 역설도 음미할 만한 것이지만, 더욱더 큰 역설을 만드는 것은 같은 작품의 마지막 문장에 그가 다음과 같이 말하기도 한다는 점이다. "나는 보이는 것에 매달려 있다 붙잡히고 싶어서 붙잡고 있다".

말을 버리기 위해 쓰는 동시에, 붙잡히고 싶다고 고백하는 마음이 있다. 침묵하려는 마음과 사로잡히기를 바라는 마음이 있다. 이 시집의 마음과 언어에 내포된 근본적 이율배반은 이 두 진술의 역설에서 감지될 수 있을지도 모른다. 무엇인가를 붙잡기 위한 것은 아니지만, 붙잡히고 싶은 것이라고. 자신을 붙잡아 달라고. 이렇듯 당신에게 건네지 않았던 목소리와 붙잡아 달라고 요구하는 듯한 목소리 사이에서 발견하게 되는 어떤 떨림이 있다. 이 떨림은 어디에서 오는가. 말의 의미인가, 시인의 의지와 감정인가, 아니면 그것을 뒤틀어 오는 아이러니한 성찰인가. 그러나 그 목소리를 듣는 독자에게 이 떨림은 말 자체에서 오는 것이라고 표현할 수밖에 없다. 그저 말이 있을 뿐이다. 말이 건네질 뿐이다. 이은기 시인은 말의 의미를 잊고 말의 감동을 비운 뒤에서야 깨닫게 되는 말의 실체를 재현한다. 말이 무엇이라고 깨닫기 이전에 말에 연루된 존재로서, 우리 자신을 다시금 되돌아보게 하는 시건이 있다.